ELEGIE
CONSOLATOIRE
Sur la mort d'vne per-
sonne aimee.

*Auec vn Chant Triomphal sur le
mesme sujet.*

M. DC. XXIII.

ELEGIE CONSOLATOIRE.

C'EST assez desormais deschargé
nos courages,
Escriuant nos douleurs
Sur le papier viuant de nos pasles
visages,
De l'encre de nos pleurs.

Muses, n'estallez point vn stile qui rauisse
Sur le mal qui nous point :
Es veritables maux le plus bel artifice
Est de n'en auoir point.

Pour dire nos douleurs en termes d'eloquence,
Le mal est trop cuisant :
Nos esprits atterrés par vn morne silence
Parlent en se taisant.

L'onde qui de nos pleurs turbulente se roule
Fait nos cris amortir :
Les plaintes dedans nous se poussent à la foule,
Et ne peuuent sortir.

Toutesfois les sanglots estouffez en la presse
Se depeignent au vif,
Et les souspirs muets parlent de la tristesse
D'vn stile plus naïf.

Mais apres les souspirs il est tẽps que i'essaye
Vn stile plus exquis,
Non pour flatter le mal, mais pour oindre la
Du remede requis.   (playe

Las! nous sentons combien, Destin, qui nous la
Tu traines de malheurs.   (voles,
Nos secrettes douleurs surmontent les paroles,
La perte les douleurs.

Mais si ne faut-il pas qu'vne amitié si forte
Deuienne vne poison,
Ni que sa perte encor dans le cercueil emporte
Celle de la raison.

Car que te sert de faire à toy-mesme la guerre
D'vn dueil ambitieux?
Veux-tu, pour la rauoir, ou t'en prendre à l
Ou quereller les cieux?   (terre

Sa vie & ta raiſon ſeroient-elles eſteintes
Par vn meſme treſpas?
Son corps & les vertus de ton ame contraintes
D'aller vn meſme pas?

En vain tes yeux ternis diſtillent vn catherre
De pleurs s'entre-ſuiuans,
Inutiles à ceux que le cercueil enſerre,
Nuiſibles aux viuans.

Que te ſert de noyer ta prunelle couuerte
D'vn inutile pleur?
Ton pleur eſt-il puiſſãt pour amoindrir ta per-
Ou croiſtre ſon bon-heur?   (te,

D'vn chagrin cõtinu qui ta vigueur atterre,
Ta douleur cultiuer,
Ce n'eſt pas le moyen de la tirer de terre,
Mais de l'aller trouuer.

Tu ne peux, en pleurãt l'ennuy de ſon abſence,
Du tombeau la rauoir:
Tu ne dois, en gardant ſa chere ſouuenance,
Oublier ton deuoir.

Tu dois bien voirement au fond de ta pensé
Grauer son souuenir,
Pour former au miroir de sa vie passee
La tienne à l'auenir.

Ton souuenir est bon, pourueu que tu te tienne
Sujet à ceste loy,
Qu'en te souuenant d'elle, aussi tu te souuienne
Encores plus de toy.

Destourne vn peu tes yeux du malheur d
Dessus le general,   (mestiqu
Asseuré que durant la misere publique
Elle est quitte du mal.

Elle sortit du monde ainsi qu'on se retire
D'vne maison qui fond:
Dieu l'osta d'icy bas ainsi que d'vn nauire
Qui va couler à fond.

Voy l'inique tremper son cousteau parrici
Dans le fidele sang,
Et la patrie encor se pousser homicide
Le glaiue dans le flanc.

Voy par l'oppreſſion de ces ames impures
Le lieu ſainct eſſeulé:
Voy Satan rebaſtir Babylon des maſures
Du temple deſolé.

Pour deſcrire au naïf tant de triſtes alarmes
Nous n'auons point de mots:
Et qui pourroit, helas! trouuer aſſez de larmes
Pour pleurer tant de maux?

Parmi tãt de douleurs, las! tu ne dois pour vne
Seulement t'affliger:
Mais puis qu'il faut pleurer, pour pleurer de
Tes larmes meſnager.   (chacune

Rẽdre pour vn malheur ſes prunelles eſteintes,
C'eſt eſtre trop douillet.
Il vaut mieux ſe munir, & ferme à ſes attaintes
Luy preſter le collet.

                                   (Canibale
Ce n'eſt pas que mon cœur plus dur qu'vn
Soit d'airain reueſtu:
Et ie n'eſtalle icy ma conſtance animale
Sous le nom de vertu.

Priués de ce thresor nous ne faisons pas gloire
            D'estre trop resolus,
omme si le perdant l'on perdoit la memoire
            De ce que l'on n'a plus.

            Pour m'oster le regret de la sentir rauie
            Par l'iniure du sort,
Il faudroit que le ciel luy redonnast la vie,
            Ou me donnast la mort.

            Helas! si nos souspirs pouuoiĕt rĕdre la Par-
            Pitoyable aux douleurs,   (que
I'entrainerois bien tost ceste fatale barque
            Du torrent de mes pleurs.

            Controllant le destin si ie pouuois dans elle
            Vne autre ame verser,
On ne me verroit point finir ceste querelle,
            Que pour recommencer.

                                        (plainte,
Puis l'œil ouuert aux pleurs & la bouche à la
            Comme Orphee autrefois,
Ie la ferois au son de ma douce complainte
            Viure encore vne fois.

Non, penſer en pleurant la ramener en vie,
C'eſt peu de iugement;
L'y vouloir rappeler, c'eſt porter de l'enuie
A ſon contentement.

Si tu luy ſouhaitois les richeſſes de grace,
Tes vœux ſont ſatisfaits:
Et n'es-tu pas content que ſa gloire ſurpaſſe
La perte que tu fais?

Vouloir quãd elle tient le prix de ſa victoire
La remettre aux combats,
N'eſt-ce pas la vouloir du feſte de ſa gloire
Precipiter en bas?

Ne ſoyons point helas! contre les deſtinees
Iniuſtement teſtus,
Quoy que le ciel luy ſoit autant chiche d'annees
Que prodigue en vertus.

Gardans de ſes vertus les images empreintes,
Suiuons au firmament   (tes
Son ame de nos vœux, & non pas de nos plain-
Son corps au monument:

Nous ferons la defunte à foy mefme furuiure,
  Et fon nom refleurir,
Si, comme elle a vèfcu, nous apprenons à viure
  Comme lon doit mourir.

Le deftin qui pèndoit fur cefte chere tefte
  L'atterra tout à coup,
Mais ne la furprit pas, car elle tenoit prefte
  L'emplaftre auant le coup.

Sa vie, qui d'vne autre en mourãt fut fuiuie,
  Finit en commençant:
Car mourir pour entrer en l'eternelle vie,
  C'eft mourir en naiffant.

Sa foy plus que iamais de zele fut ornee,
  De fon but approchant,
Comme Phœbus au foir d'vne belle iournee
  Se dore en fe couchant.

Alors qu'elle panchoit au declin de fon aage,
  Dieu luy vint au deuant:
Comme s'il euft en elle accompli fon ouurage,
  Sans aller plus auant.

Ce beau fruit paruenu à sa vigueur entiere
   Ne pouuoit plus meurir:
Apres auoir touché le but de la carriere,
   On ne doit plus courir.

                              (moissonn
Puis qu'il faut que le Temps de sa faux noi
   Qu'on ne peut esquiuer,
Valoit-il pas bien mieux que ce fust en Autõne
   Que d'attendre l'hyuer?

Que si par la vertu la vie est mesuree
   Plustost que par le temps,
Elle a vescu beaucoup en sa courte duree,
   Mais non pas bien long temps.

)
Sa foy fille du ciel au ciel auoit sa base,
   Estrangere en ces lieux:
L'Esperance sa sœur luy seruit de Pegase
   Pour s'enuoler aux cieux.

                              (enuie
Sus donc, que son bonheur nous poigne d'vne
   D'entrer au mesme port,
Qui forme nos esprits à viure de sa vie,
   Pour mourir de sa mort.

CHANT TRIOMPHAL.

O Vous qui les ames fidelès
Dedans voſtre ſein receués,
Et de ces plumes eſleués
En vos demeures eternelles,
  Qui leur accourez au deuant
Pareils aux haleines du vent,
Anges que vos ſaintes armees,
Pour ceſte ame qui monte aux cieux
D'vne ſainte ioye animees
Sonnent vn chant melodieux.

  ¶ Cité ſainte où les belles ames
Brilleront comme vn diamant,
Et bourgeoiſes du firmament
Reluiront de nouuelles flames,
  Ouurez voſtre pourprix doré,
Pour eſtre auiourd'huy reparé
D'vn bel Aſtre qui vous redore
De ſon gracieux Aſcendant,
Qui donne à l'Olympe l'Aurore,
Et laiſſe au monde l'Occident.

  ¶ Que l'Orque à la gueule beante

Suiui dē monstres escumans,
Rotte de ses antres fumans
L'horreur d'vne flamme puante:
　Malgré les murmures grondans
Des demons qui grincent les dens,
Volant d'vne aile triomphante
Par dessus leurs rangs desconfis,
Son Dieu la rend participante
De la victoire de son Fils.

¶ Le chef de cest Ange rebelle
Que Christ a iadis escrasé,
De nouueau se voit rebrisé
A la mort de chaque fidele.
　La mort, qui ressemble au frelon
Qui bourdonne sans eguillon,
N'a plus ceste coupe d'aluine
De maux à la file cousus,
Et pour nous sa hideuse mine
N'est que le masque de Iesus.

¶ Creuant de rage & d'amertume,
De honte l'ennemy Satan
Se replonge dans son estan
De feu de soulphre & de bitume:

Tandis que ceste ame suiuant
Iesus Christ qui marche deuant,
Braue par vne saincte gloire,
L'Enfer de colere bouffi,
Et certaine de la victoire
Luy donne vn cartel de deffi.

¶ *La voila pas qui dè la teste*
Perce les cercles estoilés ;
Qui de ses auirons ailés
Vient surgir à sa gloire preste?
Esprit nouuel hoste des cieux!
Qui sainctenent audacieux,
Rauit la couronne immortelle:
Qui voit les estoiles sous soy,
Porté sur l'aile de son zele
Par le Zephire de la foy.

¶ *Loin de la terre & loin de l'onde,*
Nos perissables elemens,
On ne voit de ces logemens
Rouler l'inconstance du monde.
En cet immuable sejour
Là haut la fontaine du iour
Par la nuict iamais ne se bouche:

Leur iour n'eſt iamais aggrandi,
Leur Soleil iamais ne ſe couche,
Car touſiours il eſt au Midi.

¶ Le flux du temps n'y bouleuerſe
Les tours des mobiles ſaiſons,
Reiglés ſur les douze maiſons
D'vn ciel qui ſans fin ſe renuerſe.
Le creux de ce palais vouté
A trop peu de capacité
Pour loger ſon ame eternelle:
Ces globes qu'elle foule aux pieds
Seante à ſa gloire immortelle,
Ne luy ſont que des marchepieds.

¶ Là haut la gloire & la lieſſe
Touſiours demeurent en vn poinct;
Et les ans qui ne courent point
Iamais n'attrapent la vieilleſſe.
Là haut rien que l'eternité
Ne borne ſa felicité;
Son degré iamais n'appetiſſe,
Et ſon climat en meſme temps
Des rais du Soleil de iuſtice
Reçoit l'Autonne & le Printemps.

¶ Posé que d'vne longue soye
Son aage eut filé doucement,
Tenant à son commandement
Sous soy le bonheur & la ioye:
     Au milieu des fleuues de miel
Iamais ceste fille du ciel
Hors du lieu de son origine
N'eut veu le monde qu'à mespris,
Bruslant d'vne flamme diuine
De haste d'empoigner le prix.

¶ Parmi les mondaines malices,
Son cœur, maintenant affranchi
Des miseres qu'elle a franchi,
S'esleuoit plus haut que les vices,
     Triste que le faix du peché
Cy bas luy pesast attaché:
Mais sans qu'elle y fust asseruie,
L'Esprit qui parut le plus fort,
Ayant mortifié sa vie
En fin viuifia sa mort.

F I N.